Trooooooooooop
plate !

un roman de
Louis Émond

illustré par
Julie Miville

SOULIÈRES
ÉDITEUR

case postale 36563 — 598, rue Victoria
Saint-Lambert (Québec) J4P 3S8

Soulières éditeur remercie le Conseil des Arts du Canada et la SODEC de l'aide accordée à son programme de publication. Soulières éditeur bénéficie également du Programme de crédit d'impôt pour l'édition de livres –Gestion Sodec – du gouvernement du Québec.

Funded by the Government of Canada   Financé par le gouvernement du Canada | Canada

Dépôt légal : 2016

Catalogage avant publication de Bibliothèque et Archives nationales du Québec et Bibliothèque et Archives Canada

Émond, Louis, 1957

   Trooooooooooooop plate !

   (Ma petite vache a mal aux pattes ; 138)
   Pour enfants de 8 ans et plus.

   ISBN 978-2-89607-345-0

   I. Miville, Julie. II. Titre. Collection : Collection Ma petite vache a mal aux pattes ; 138.

PS8559.M65T76 2016   jC843'.54   C2015-942018-0
PS9559.M65T76 2016

Illustration de la couverture et illustrations intérieures :
Julie Miville

Conception graphique de la couverture :
Annie Pencrec'h

Logo de la collection :
Caroline Merola

Trooooooooooop plate !

Notre site n'est vraiment pas plate !
Une visite au : soulierediteur.com
vous en convaincra.

Du même auteur
Chez le même éditeur
Dans la même collection :

C'est parce que…, roman (épuisé), 1999
Les trois bonbons de monsieur Magnani, roman, 2002
Une tonne et demie de bonbons, roman, 2010
Troooooooooop long ! roman 2011
Troooooooooop mou ! roman 2013
Troooooooooop loin ! roman 2015

Pour les adolescents :
La Guerre des lumières, roman, 2003 (réédition 2011)
Taxi en cavale, roman, 1992, réédité en 2005
Quand la vie ne suffit pas, recueil de nouvelles, 2006, Grand prix du livre de la Montérégie : Prix du public et Prix du jury, 2007

Chez d'autres éditeurs :
La Guéguenille, recueil de nouvelles, 1994
Trois séjours en sombres territoires, recueil de nouvelles, 1996, nouvelle édition 2009
Un si bel enfer, roman, 1993, nouvelle édition 2009
Le monde de Théo, éditions Hurtubise, 2011, Lauréat du Prix Marcel Couture 2012, Lauréat au Prix Communications et Société 2012, Finaliste au Prix Jeunesse des libraires, 2012, Finaliste au Prix TD Jeunesse 2012, Finaliste au Prix du livre jeunesse des Bibliothèques de Montréal 2012, Finaliste au Prix Alvine-Bélisle 2012, Finaliste au Prix Wallonie-Bruxelles 2013
L'étrange peur de monsieur Pampalon, éditions Dominique et cie, 2014
Le jouet brisé, éditions de la Bagnole, 2015

L'ennui porte conseil.
Gilbert Cesbron

À Claude, mon frère et mon ami

Les Sherpas

Arthur : bon ami de Jano
Bosco : ami de Marin, il pose toujours deux questions
Cali : grand ami d'origine syrienne de Jano
Keran : ami de Zou
Inès : amie proche de Zou, elle a une toute petite voix
Mia : amie proche de Zou
Pomme : meilleure amie de Zou
Schtkl : étrange et très sportif ami de Zou
Toni : ami de Jano qui a des défis en français…
Circé, **Eulalie**, **Renaude** et **Théo** font aussi partie de l'équipe des Sherpas.

Gabriel, **Michel** et **Raphaëlle** : moniteurs
Madame Archambault : enseignante

Les Yétis

Cordélia : voudrait tant être l'amie de Tiphaine et de Solveig

Gustave : ne vit que pour les jeux vidéo

Jano : tannant de la classe, un leader

Marin : ami de Bosco

Pensil : ne vit que pour les jeux vidéo

Solveig : inséparable amie de Tiphaine

Tiphaine : inséparable amie de Solveig

Valérien : ne vit que pour les jeux vidéo

Zou : leader et héroïne de cette série, dotée d'un sacré tempérament…

Gramoun, **Lévis**, **Mélie** et **Rose-Anna** font aussi partie de l'équipe des Yétis.

.

Gabriel, **Michel** et **Raphaëlle** : moniteurs

Madame Archambault : enseignante

Classe verte:

La classe verte est une sortie ou un séjour scolaire au cours de laquelle les élèves partent à la découverte de la nature sans leurs parents, mais encadrés par leurs enseignants.

1

La liste et le supplice

Une veste de sauvetage jaune et rouge sur le dos, les élèves de madame Archambault descendent vers le quai du lac Sans Grave. La première activité de la classe verte s'annonce une vraie partie de plaisir.

— As-tu vu de quoi on a l'air ? maugrée Zou qui boite encore un peu. Des bonhommes Playmobil !

— Mw... jbc... va..., dit Inès dont la bouche arrive vis-à-vis du col de sa veste.

Jano le
Ketchup
à la
mautarde!

— T'as raison Inès, dit Zou.

— Pas besoin de porter une veste de sauvetage, proteste Keran. Je sais nager !

— Mw... jbc... va..., dit Inès.

— T'as raison Inès, dit le garçon.

Quand elle voit arriver son groupe avec les trois moniteurs, madame Archambault sort son appareil photo. Aussitôt, Jano et Cali se réfugient derrière Bosco et Marin.

— Qu'est-ce que vous faites là ?
Pourquoi vous voulez pas que madame Archambault prenne votre
portrait ? demande Bosco dont les
questions viennent toujours par deux.

— Parce qu'après, elle va l'affi-
cher sur le mur du corridor, murmure
Cali.

— Ça fait quoi ? demande Marin,
l'inséparable ami de Bosco.

— Pas envie qu'on me voie déguisé en pot de ketchup à la moutarde,
dit Jano.

Prenant conscience du « dan-
ger », Bosco et Marin accompagnent

Cali et Jano derrière un groupe de garçons qui, mis au courant de ce qu'ils risquent, disparaissent aussitôt derrière trois autres qui, informés de ce qui se trame, s'éclipsent derrière un autre groupe qui, alerté par ce qui se prépare, se réfugie derrière Cali, Jano, Bosco et Marin qui, apprenant que… etc.

Chez les filles, on cherche aussi la cachette idéale. Et on la trouve : derrière le tas de garçons !

Les vingt-six élèves s'empilent alors et créent un fouillis orangé que madame Archambault s'empresse de photographier.

— Cette photo-là va être superbe sur le mur de mon corridor ! déclare-t-elle.

— Hey ! Hey ! s'écrie Gabriel, le chef des moniteurs.

— Bienvenue à la super grande course de canots ! lancent en chœur Raphaëlle et Michel, les deux autres moniteurs.

Bras et jambes se démêlent et tous les enfants hurlent de joie.

— Du calme, dit Gabriel, du calme !
D'abord, il faut voir un peu de théorie !

— Théorie ? réplique Toni. Quand
*qu'*on entend ce mot-là, c'est sûr que
ça va-*t*-être plate…

— Toni, dit madame Archambault.
Pas *quand qu'on*, quand on…

L'enseignante prononce *kan ton*.

— Et pas *ça va-t-être* non plus,
poursuit-elle. Ça va être. Sans « t ».

— On enlève le « t » ? réplique
Toni.

— Toni, il n'y a pas de « t » après
« va ».

— Meuh ! Pourquoi *qu'*on dit « Va-
t'en ! », d'abord ?

— Pis « Va-t-il » ? demande Cali.

— Pis « Va-t-calmer dehors » ?
dit Jano.

14

Gabriel interrompt l'importante discussion.

— Hey ! Hey ! Tout le monde à genoux au bord du quai, s'il vous plaît !

Désireux d'avoir une place à côté de leurs amis, les élèves se précipitent. Et que je te pousse, et que je te tasse, et que je te crie que c'est moi qui dois être entre toi et lui...

Madame Archambault ressort son appareil photo.

— Mon mur du corridor va être comme un mur de Facebook...

Gabriel enseigne d'abord aux élèves comment faire avancer et reculer l'embarcation, de quelle manière la diriger, puis il les informe sur les règlements de la course.

— Est-ce qu'il y a des prix ? Est-ce qu'on va être en équipe ? demande Bosco, bien entendu.

— Pour les deux jours qui viennent, dit Gabriel, vous serez toujours en équipe. Vous...

Dès qu'ils entendent le mot « équipe », c'est bien connu, les élèves n'écoutent plus.

Et que je t'envoie des signaux avec les mains, et que je t'envoie des messages avec les yeux, et que je t'envoie promener quand tu ne me prends pas dans ton équipe…

— Hey ! Hey ! lance Gabriel. J'ai oublié de vous dire : les équipes sont déjà faites !

Et que je te lâche un long murmure de déception…

— Chaque équipe compte six filles et sept gars.

— Hein ? s'écrie Arthur. Des gars pis des filles ? Ensemble ? On va perdre !

Sans même lever un doigt sur lui, Zou explique à Arthur pourquoi son affirmation, en plus d'être sexiste, est illogique. Pendant ce temps, les autres élèves se ruent sur Gabriel.

— Dans quelle équipe *que j'va-t-*
être ? Les *ceuses* avec moi *sont-tu*
mes amis ? demande Toni dans une
tentative d'imitation de Bosco.

Madame Archambault est ten-
tée de corriger son élève – *que j'va-
t-*être… *les ceuses…* – mais elle
renonce. « *Mâ m'tiendre* un peu tran-
quille », se dit-elle.

Madame Archambault se trouve
parfois très drôle.

Une fois la composition des deux
équipes annoncée, Gabriel voit des
airs rayonnants.
Et quelques visages sombres.
Dont le pire est celui de Zou.

2

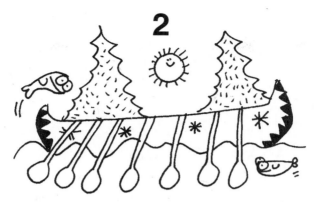

Les équipes dont on écope

Zou a à peine touché à sa collation. Elle est amère.

(Zou. Pas la collation.)

Elle est blessée, déçue, fâchée, frustrée. Le visage sur les poings, elle regarde l'énorme canot à quinze places appelé « rabaska ».

— Comment on pouvait gagner la course avec une affaire de même ! rouspète-t-elle en avalant quelques-uns des chocolats aux amandes qu'elle garde dans son sac.

À sa droite, ses amis Pomme, Mia, Inès, Keran et Schtkl quittent leur rabaska en se tapant dans les mains. Ses amis. Tous dans la même équipe. L'autre équipe. Celle qui a gagné.

Comment madame Archambault a-t-elle pu permettre pareille injustice ?

— Ici, Zou, je ne prends aucune décision, a répondu l'enseignante. Je vous regarde apprendre, expérimenter, vivre autre chose.

« Apprendre quoi ? » pense Zou. « Comment t'amuser avec pas d'amis dans ton équipe ? Expérimenter quoi ? La frustration ? Vivre quoi ? Une classe verte trooooooooooop plate ? »

Sur le quai, Zou regarde les membres de son équipe :

Mélie (aussi invisible que ma soeur Grenouille à l'heure de la vaisselle),

Rose-Anne (aussi têtue que ma soeur Grenouille quand elle refuse de s'excuser),

Solveig et Tiphaine (aussi pimbêches que ma soeur Gre… Hey ! Pourquoi les « siamoises » ont pu être ensemble, elles ?),

Cordélia (je me demande si un jour, elle va réussir à devenir la 3e « siamoise »),

Marin (je me demande s'il est triste d'être séparé de son ami Bosco),

Gramoun (je me demande pourquoi il est toujours droit comme un piquet),

Pensil, Valérien et Gustave (je me demande si c'est pratique d'avoir un X-Box au lieu d'un cerveau),

Lévis (je me demande : c'est qui, lui ?),

et enfin… Jano !

Jano. Aussi déçu que Zou. Aussi boudeur, aussi fâché. Ni Toni, ni Cali, ni Arthur ne sont dans son équipe. Séparé d'eux, Jano s'apprête lui aussi à passer deux jours trooooooooooop plates !

Se croyant uni à Zou dans le malheur, le garçon tend la main vers elle pour avoir un de ses excellents chocolats. Zou le regarde avec des éclairs dans les yeux.

« Pourquoi elle m'en veut, elle ? » se demande Jano. « Pas ma faute si on est pognés avec des *louzeux*… Garde-les donc, tes chocolats ! »

Gabriel, le moniteur, avance au centre du quai. Zou sait que bientôt retentira le fameux « Hey ! Hey ! » qu'elle n'est déjà plus capable d'entendre. Et en effet, le garçon écarte les bras et sautille, signe que bientôt…

— Hey ! Hey ! Bien mangé ? Je l'espère parce que vous allez avoir besoin de vos forces ! Voulez-vous savoir pourquoi ?

Voyant Pomme, Mia et Inès pépier« OUI ! OUI ! », Zou leur expédie deux missiles avec ses yeux.

Mais c'est raté ! Aucune d'elles ne la regardait.

— OK, dit la monitrice appelée Raphaëlle, mais avant, l'équipe « A », votre nom d'équipe, s'il vous plaît...

— Les SHERPAS ! crient les treize enfants.

— Les quoi ? demande Michel, l'autre moniteur.

— Les sherpas, explique Inès qui a retiré sa veste de sauvetage. Ce sont des personnes fortes et courageuses qui guident et aident les alpinistes. Des gens ordinaires qui accomplissent des exploits extraordinaires. Comme **nous** !

— Qu'est-ce qu'elle a dit, elle ? demande Zou. On n'entend jamais rien quand elle parle…

La tristesse dans les yeux d'Inès a le même effet sur Zou que de l'eau froide sur une brûlure.

— Beau nom, les Sherpas, dit Raphaëlle. Un des plus beaux qu'on ait eus.

— D'habitude, dit Michel, c'est toujours les Aigles, les Lions, les Panthères…

— Ou des Super-ci et des Super-ça, ajoute Gabriel.

— Ou des noms anglais, dit Raphaëlle. Les *Destroyers*, les *Dark Kings,* la *Winning Machine…*

Zou et son équipe se regardent : plus question de s'appeler les *Super-Wolves* !

— À l'équipe « B » maintenant, dit Gabriel. Votre nom ?

Zou tourne des yeux suppliants vers ses coéquipiers qui lèvent les leurs au ciel.

« Les Abandonnés ? » pense-t-elle. « Les... les Rejets ? Les Déchets... Non... »

— On attend...

« Quel nom cool, les Sherpas ! Les... Alpinistes ? Les... Lamas ? Les... »

— Les YÉTIS ! s'écrie Zou.

— Bien ! dit Gabriel. Les Yétis !

— C'est quoi, un yéti ? demande Bosco. C'est-tu plus fort qu'un sherpa ?

— Pas pour le moment, répond le moniteur. C'est vous qui menez, les Sherpas.

— Vous avez gagné dix points à la course de rabaskas, dit Michel, le deuxième moniteur.

— Plus dix points pour l'esprit d'équipe, dit Raphaëlle la monitrice. Vous n'avez pas arrêté de vous encourager tout au long de la course.

— Et encore dix points, dit Gabriel, pour votre esprit sportif ! On a vu un Sherpa repêcher la pagaie d'un Yéti, pendant la course, et la lui redonner. C'est 30 à 0 pour les Sherpas ! Et maintenant, en route vers notre prochaine activité, le tir à l'arc !

Le cri de joie lancé par ses adversaires et amis transperce le coeur de Zou comme une flèche.

3

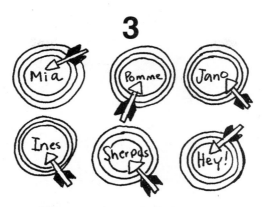

Des archers archi-poches

À dix mètres des élèves se dressent six cibles formées de cercles concentriques jaunes, rouges, bleus, noirs et blancs.

— Attention ! prévient Michel, le moniteur. Tu ne dois jamais pointer un arc chargé sur quelqu'un ! Jamais ! Une flèche décochée de proche ou de loin peut blesser grièvement ! Si tu désobéis à la consigne tu vas trouver le reste du séjour trèèèèèèèèèèèèès long…

— En plus d'être troooooooooop plate, mar-monne Zou.

Les moniteurs ont apporté six arcs, six protecteurs pour avant-bras et six carquois contenant chacun trois flèches.

— Par ordre alphabétique, trois Yétis et trois Sherpas vont tirer, annonce Gabriel.

Zou lève les yeux au ciel. Elle adooooore l'ordre alphabétique.

— En place, les Robin des bois ! dit Michel.

— C'est qui Robin des bois ? demande Pensil.

—C'est un genre de vieux Peter Pan déguisé en renard, répond Valérien.

Pendant que Michel détermine l'oeil le plus fort chez chaque tireur, Raphaëlle leur prodigue des conseils et Gabriel discute avec madame Archambault.

Bizarre

— Comment trouvez-vous ça jusqu'à maintenant ? demande-t-il.

— Mes élèves ont l'air de vraiment apprécier, répond l'enseignante. Sauf une.

— Zou.

Encore !

Madame Archambault esquisse un sourire.

— Et elle ne s'en cache pas, dit-elle.

— Elle est fâchée d'être séparée de certaines de ses amies, dit Gabriel.

— De toutes ses amies, précise l'enseignante. Pomme, Mia et Inès.

Le moniteur sourit à son tour.

— Qu'est-ce qui vous amuse ? demande madame Archambault.

Gabriel hésite.

— C'est juste que… j'ai jamais vu autant de prénoms à coucher de… rares.

Il sort la liste de sa poche.

— Zou, Pomme, Keran, Bosco, Gramoun, Pensil et Ch… ck… comment ça se prononce, ça ?

— Schtkl.

— *Ch… tè… keul*, répète-t-il. D'où il vient, lui ?

Madame Archambault pense à cet élève fou de basketball, aussi étrange que discret.

— De la planète Vulcain je crois, dit-elle.

Les premiers tireurs des Sherpas ont obtenu deux points, ceux des Yétis, trois.

Au tour suivant, les Sherpas ont envoyé leurs neuf flèches hors cible sauf une, qui est logée au bord du cercle blanc.

Les Yétis font un peu mieux.

Mais après avoir planté sa première flèche dans la zone bleue pour six points, Jano, devenu trop confiant, rate la cible par deux fois. Les autres tireurs récoltent deux points, et les Yétis terminent la ronde avec une avance de 11 à 3.

— Vous visez trop haut, dit Michel. Baissez vos arcs un peu…

— Et retenez votre respiration, ajoute Raphaëlle.

Les conseils sont suivis par Inès, Mia et Pomme qui récoltent 8 points. Fières d'avoir ainsi créé l'égalité, les trois filles se tapent dans les mains, un geste dont se moque copieusement Zou, les yeux croches et la langue sortie.

Trois Yétis ayant atteint la cible à trois reprises, dont un « bleu » de cinq points, l'équipe de Zou se réinstalle en tête.

Il ne reste que quatre concurrents.

Les deux premiers Sherpas inscrivent quelques points, mais c'est Schtkl qui surprend tout le monde en touchant la zone noire, la bleue et la rouge pour un total de seize points ! Les Sherpas triomphent ! Tous congratulent Schtkl qui sourit modestement.

— Les Vulcains sont d'excellents archers, commente madame Archambault en souriant.

Gabriel lance un regard rieur vers l'enseignante.

Les deux premiers archers des Yétis n'ont marqué que trois points. Le moral est au fond des carquois quand Gabriel annonce que le score est de 36 à 26.

C'est alors que Valérien atteint la zone bleue. Les Yétis tournent la tête. L'espoir renaît. Il touche ensuite la zone rouge. Les Yétis trépignent. Et à nouveau la zone bleue ! C'est l'explosion ! Dix-sept points d'un coup !

Valérien se tourne vers Pensil et Gustave. Ses deux complices de X-Box ont la bouche et les yeux grands ouverts d'étonnement.

— *Arrows of Doom,* explique Valérien. Je me pratique sur ma *Wii*.

Les Yétis ont repris les devants 43 à 36. Les Sherpas sont visiblement sonnés, ce qui fait grand plaisir à Zou. Michel a tendu trois flèches au dernier archer de chaque équipe.

— Chacun tirera une flèche à tour de rôle, dit Gabriel. Pour ajouter du suspense !

Nonchalant, Toni atteint le mur avec sa première flèche.

Un éclat de rire retentit.

— Pas drôle, Jano ! dit quelqu'un.

C'est maintenant au tour de Zou. Elle tend la corde, ferme un oeil, laisse aller.

— Sur la cible, mais en dehors des cercles, annonce Raphaëlle qui conseille à Zou de prendre davantage son temps.

Toni prend une deuxième flèche dans son carquois.

« T'as ri de moi, Jano ? » pense-t-il. « OK… » Le garçon prend son temps pour viser comme le moniteur l'a dit, et au bon moment, il laisse aller. La flèche fend l'air. Zone rouge ! Huit points ! Le score est de 44 à 43 pour les Sherpas qui applaudissent à tout rompre.

Zou fixe sa seconde flèche, tire la corde, ajuste, baisse l'arc, retient son souffle et… laisse aller.

— Deux points ! annonce Michel. C'est 45 à 44 pour les Yétis. Quelle fin de partie enlevaaante !

La troisième flèche de Toni vient de percer la bande blanche intérieure pour deux points.

— Hey ! Hey ! Les Sherpas mènent à nouveau 46 à 45 !

Il ne reste qu'une flèche à Zou.

« J'ai juste à viser de la même manière. Avec deux points, les Sherpas perdent… »

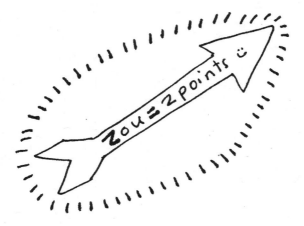

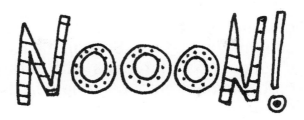

La victoire et la victime

— Hey ! Hey ! Voici ce qu'on a décidé après consultation, annonce Gabriel. Zou ne peut pas reprendre son coup.

Cris de joie et de déception entremêlés.

— Si celui qui l'a chatouillée avait été un Sherpa, on lui aurait accordé une nouvelle flèche. Mais comme le geste est venu d'un coéquipier Yéti...

— C'était une blague...

— Pas drôle, Jano ! dit quelqu'un.

Au moment où sa flèche atteignait le mur arrière, Zou se ruait déjà sur Jano, brandissant son arc comme une massue. Si les moniteurs n'étaient pas intervenus, elle aurait probablement enfoncé le garçon de plusieurs centimètres dans le sol comme un clou dans une planche.

— Hey ! Hey ! lance Gabriel. Les Sherpas obtiennent dix points. Dommage pour les Yétis qui sont venus « à deux doigts » de l'emporter !

Cris de déception et de joie entremêlés.

— Dix points vont également aux Sherpas pour leur esprit sportif puisque plusieurs ont insisté pour que Zou puisse reprendre son coup. Enfin, les Sherpas n'ont jamais cessé de s'encourager. Dix points ! C'est maintenant 60 à 0 pour les Sherpas !

— On va dîner, annonce Raphaëlle. Mais avant, on veut entendre votre cri de ralliement !

Treize voix retentissent.

43

SHERPAS ! SHERPAS ! DES CHAMPIONS QUI NE LÂCHENT-*SHERPAS* !

SHERPAS ! SHERPAS ! DES GAGNANTS QUI NE POCHENT-*SHERPAS* !

SHERPAAAAAAAAS !

Quand vient le tour des Yétis, au lieu de scander « Yéti possible de pas gagner ? Non ! Yéti permis de s'écraser ? Non ! Les Yétis ! Les Yétis ! Les Yétis vont l'emporter ! », ceux-ci lancent un cri différent.

YÉTI POSSIBLE D'ÊTRE PLUS NONO ? NON !

YÉTI PERMIS D'ÊTRE PLUS IDIOT ? NON !

JANO ! JANO ! LES YÉTIS VONT T'ÉTRIPER !

En route vers la cafétéria, un sourire ironique aux lèvres, Jano fait le signe de la victoire. À quelques pas derrière lui, madame Archambault se demande ce qui a pu le pousser à saboter les chances de son équipe. Elle presse le pas.

— Aide-moi à comprendre, Jano, dit l'enseignante en le rattrapant. Pourquoi t'as fait ça ?

Le garçon hausse les épaules.

— Pou' l'fun, dit-il.

— Ton équipe aurait pu gagner.

Jano et madame Archambault marchent en silence durant de longues secondes.

— M'tentait pas que Zou soit la sauveuse…, dit-il avant d'entrer dans la grande salle.

Madame Archambault s'empare d'un plateau, choisit la lasagne et rejoint les Sherpas qui lui font signe. De loin, elle observe Zou qui avale son dîner sans parler. Elle regarde ensuite Jano qui fait la même chose.

L'enseignante n'a plus le choix. Si les choses ne s'arrangent pas avant la fin de la journée, elle devra parler aux trois moniteurs.

6

L'escalade et le malade

Heureusement, les choses s'arrangent.

Un peu.

Après dîner, à l'activité « Survie en forêt », les Yétis ont récolté dix points pour avoir réussi le plus bel abri, le feu le mieux monté et la meilleure tisane de pruche. Ils en ont raflé dix autres pour l'esprit d'équipe quand tous ont travaillé ensemble en suivant les instructions de leur coéquipière Mélie sur la façon de lier les branches d'un abri. Enfin, les Yétis ont récolté dix points pour leur esprit sportif quand Marin a appris à son ami Bosco, de l'équipe des Sherpas, que l'espace entre le branchage était nécessaire pour que l'air passe et que le feu prenne.

— Bravo, les Yétis ! dit Michel. L'écart est réduit à trente points.

— Hey ! Hey ! s'écrie Gabriel. Activité suivante : escalade.

Un rocher de quatre mètres de hauteur, aménagé pour l'escalade, s'élève devant vingt-six visages impressionnés.

— On dirait une baleine, dit Schtkl.

— Ou le matelas dans le gymnase de l'école, dit Cali.

Raphaëlle explique que deux anneaux ont été placés au sommet du rocher, un jaune et un rouge.

— Vous les aimez donc ben, ces couleurs-là, dit Cali.

Jano, qui a saisi l'allusion aux ceintures de sauvetage, fait un clin d'oeil à son ami.

Tous deux se mettent à rigoler.

— Jano et Cali, vous riez ? Vous pensez que c'est facile ? demande Raphaëlle. Eh bien, vous allez être les premiers à escalader le mur !

— Ils ne peuvent pas se blesser, pas vrai ? demande discrètement madame Archambault.

— On est là, répond Gabriel.

Le mur fait presque trois fois la hauteur des élèves. Jano pose la main gauche sur une bosse et le pied droit dans un creux. Une fois son pied gauche en appui, il pousse. Un pied, une main, un pied, une main… Jano se retourne et voit Cali, toujours en bas, pâle, immobile.

— Viens Cali, dit-il. C'est facile :
main, pied, main, pied…

— Cou'donc Jano, t'es dans quelle
équipe ? lance Rose-Anne.

— Tais-toi donc ! réplique-t-il.
C'est mon chum, Cal'… *Let's go*,
Cal' ! Main, pied, main, pied…

Au bout de gros efforts, Cali par-
vient au sommet du mur. Les deux

amis redescendent avec un anneau qu'ils remettent aux grimpeurs suivants.

Les équipes s'encouragent beaucoup, au grand plaisir des moniteurs. Plusieurs ont escaladé le mur quand madame Archambault murmure quelque chose à l'oreille de Gabriel.

Le moniteur interrompt l'activité.

Glurp!

Gramoun →

— Les Yétis, annonce-t-il, quelqu'un va devoir remplacer Gramoun qui ne peut pas grimper pour des raisons médicales.

Gramoun regarde par terre.

— Qu'est-ce que t'as ? demande Zou à côté de lui.

Le garçon répond qu'il a un problème à la colonne vertébrale et qu'il doit porter un corset.

— Comme les femmes de l'ancien temps, dit-il, droit comme un piquet.

Jano ayant escaladé à nouveau le mur plus vite que Spiderman, les Yétis sont encore une fois couronnés gagnants et récoltent dix points. Dix autres points leur sont décernés pour

l'esprit sportif manifesté par Jano quand il a aidé et encouragé Cali.

— Même pas pour ça que je l'ai fait, murmure Jano. C'est mon chum, Cal'…

Tout près, Zou lui sourit en avalant un de ses fameux chocolats. Jano répond en haussant une épaule. Puis il tend la main, mais Zou s'éloigne sans y avoir mis quoi que ce soit. « Un gars s'essaie », pense Jano.

— Et dix points vont aux Sherpas et aux Yétis pour leur esprit d'équipe ! dit Gabriel.

— Ça donne-tu quelque chose, ces points-là ? demande Bosco. C'est quoi la récompense pour l'équipe qui gagne ?

Les trois moniteurs se tournent vers madame Archambault.

— L'équipe gagnante, annonce l'enseignante, aura d'abord le privilège de décider ce qu'on mangera demain midi.

Cris de joie !

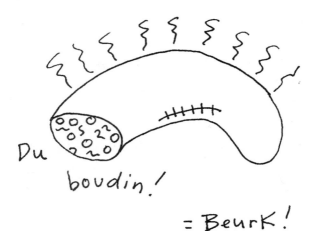

Du boudin !

= Beurk !

La place du
Conducteur!

= Ben non!

— Et elle sera la première à choisir sa place dans l'autobus ! ajoute-t-elle.

Nouveaux cris de joie, encore plus forts. Ainsi, Sherpas ou Yétis pourront choisir entre pizza, pâté chinois et poulet barbecue avec frites. Les discussions s'annoncent âpres et animées.

De plus, les membres de l'équipe gagnante pourront s'asseoir où ils veulent dans l'autobus et décider de qui s'assoira ou non à côté d'eux.

Tout à coup, Zou veut absolument gagner.

Le jeu de nuit et l'ennui

En soirée, le grand jeu de nuit « Chasseurs et proies » procure à Zou son premier moment agréable de la classe verte.

Enfin ! Ne plus voir Inès, Pomme et Mia ! Ne plus être témoin de leurs rires et de leurs regards complices !

Couchée derrière une pile de bois cordé, la fillette, d'humeur noire, avale un chocolat noir en regardant le ciel noir.

Zou sait que ses amies ne sont

pas responsables des équipes. Mais elle ne peut s'empêcher de leur en vouloir. Mia, Pomme, Inès, et même Keran et Schtkl, tous auraient dû faire plus attention à elle, s'amuser avec plus de discrétion, s'exciter modérément, s'encourager avec retenue.

Au lieu de ça, c'étaient « Les sherpas ne louchent-*sherpas* ! » par-ci, et« Les sherpas n'accouchent-*sherpas* ! » par-là. Combien de fois Zou a-t-elle eu envie d'en prendre une par le cou en disant : « J'sers-tu ou j'*sherpas* ? »

« Bizarre que personne n'ait trouvé ma cachette », pense-t-elle.

Elle risque un oeil au-dessus du tas de bois. Et fige littéralement.

Pomme, Mia et Inès sont assises par terre et la regardent.

— Allô Zou, dit Mia.

— Depuis combien de temps vous êtes là ?

— Un bout de temps, dit son amie.

— Comment vous avez fait pour me trouver ?

— On te connaît, dit Inès.

La fillette quitte son abri.

— On s'ennuie de toi, dit Pomme.

Zou passe en silence devant ses amies et rejoint le lieu de rassemblement. Là, elle est accueillie en héroïne. Seule Yéti à ne pas avoir été trouvée à temps, Zou pourrait donner la victoire à son équipe.

« Mais pourquoi Pomme, Mia et Inès ne m'ont pas capturée au lieu d'attendre que je sorte de ma cachette ? »

La question tourne dans sa tête.

— Hey ! Hey ! dit Gabriel lorsque tout le monde est de retour. Aux Sherpas d'être les proies ! Si les Yétis vous trouvent en moins de vingt minutes, ils auront dix points et ce sera l'égalité !

Après un bref conciliabule, les Sherpas se dispersent rapidement.

À peine quelques minutes plus tard, Cordélia ramène quatre Sherpas, et Jano trois.

— Bravo Cordélia ! dit madame Archambault. Bravo Jano !

Cordélia

— Ces caves-là étaient vraiment mal cachés, répond ce dernier. Pis tout en paquet, en plus !

— Les miens faisaient plus de bruit que pendant un cours d'édu, dit Cordélia.

Madame Archambault lève un sourcil. « Tiens ? »

Mélie ramène Mia et Inès, repérées au moment où elles changeaient de cachette.

— On ne t'a jamais vue !

Marin dit qu'il a trouvé Bosco par la ruse : il l'a appelé.

Quant à Gustave, il a cueilli Théo derrière un ballot de foin.

— Il ronflait !

Enfin, lorsque Pomme, souriante, est ramenée par Solveig, les Yétis hurlent de joie.

L'égalité est créée.

8

Le sommeil
et le soleil

Le pavillon est presque silencieux. On n'entend que la respiration régulière de vingt-cinq enfants. Et le ronflement sonore de Théo.

Madame Archambault se glisse dans son sac de couchage et ouvre un livre. Mais elle le referme aussitôt.

« Je suis aussi vidée que mes élèves… »

Elle laisse son esprit vagabonder. La première image qui lui vient est la mine bizarrement joyeuse que faisait

Pomme en arrivant avec Solveig à la fin du jeu de nuit.

« Et voilà que le score est égal… », pense l'enseignante.

Madame Archambault se repasse l'horaire du lendemain : *déjeuner vagabond, hébertisme, dîner, bagages, départ*. Elle songe ensuite à son mari qui sera dans l'autobus. Puis son esprit revient à ses élèves, et au bonheur qu'elle ressent quand elle voit dans leurs yeux qu'ils ont enfin compris.

« Qu'ils ont *catché,* comme ils disent. Les yeux des enfants portent dans ce temps-là une lumière spéciale. Aussi belle, aussi vive qu'un lever de soleil. »

Voilà ce que se dit madame Archambault avant de tomber endormie.

9

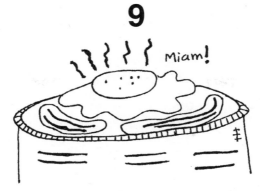

Miam!

Corde de Tarzan et corde sensible

Groupés par deux ou trois, les élèves font cuire leur déjeuner dans une boîte de conserve vide. En dessous brûle du papier journal enduit de paraffine.

— On a assez de graisse, Ton', dit Jano. Enlève le bacon, je mets les oeufs pis le fromage !

Toni s'exécute.

— Je me demande si quelqu'un a du chocolat, dit Jano en regardant Zou.

— Oui, ça *l'a'rait* été cool si quelqu'un en *a'rait* eu, approuve Toni. On *l'a'rait faite fondu*.

Zou et madame Archambault font semblant de ne pas avoir entendu, et chacune a ses raisons.

Une demi-heure plus tard, quand les lieux sont nettoyés, Gabriel se plante au milieu du groupe, ouvre la bouche et...

— Hey ! Hey ! crie Zou en sautillant sur place, bras écartés.

Gabriel se tourne vers elle.

— Viens-tu de... m'imiter ? demande-t-il.

Le moniteur, l'air faussement féroce, s'avance vers Zou. Mais Pomme, Mia, Inès, Schtkl et Keran s'agrippent aux bras et aux jambes de Gabriel et le plaquent au sol en rigolant. Témoins de la scène, Raphaëlle et Michel volent au « secours » de leur ami, mais sont retenus par le reste de la classe mené par Jano. Lorsque la mêlée éclate, madame Archambault, bien sûr, sort son appareil-photo.

— Celle-là, elle va être belle sur votre mur ! lance Jano, agrippé au dos de Michel.

Au parcours d'hébertisme, l'énergie des enfants n'a pas diminué.

Marchant sur des billots, courant dans des trous de pneus, sautant par-dessus des pièges ou rampant sous des filets jonchés de feuilles, ils s'en donnent à coeur joie.

Mais le grand câble suspendu au-dessus d'un petit ravin freine un peu leur ardeur.

— Hey ! Hey ! s'écrie la monitrice Raphaëlle. Dernière étape : « La corde à Tarzan » ! En se tenant après la corde, il faut se rendre de l'autre côté du ravin. Comme Tarzan.

— Comme qui ? demande Pensil.

— Tarzan, répond Valérien. C'est un genre d'Indiana Jones à moitié tout nu…

Zou regarde la corde, l'air peu rassuré.

— Ç'a l'air dangereux, marmonne Cali.

— Ha ! Cali trouve que la corde à Tarzan… *Syrisqué* ! dit Jano.

Éclats de rire.

— Trop drôle, Jano ! s'écrie quelqu'un.

Cali, dont les origines syriennes donnent souvent lieu à des jeux de mots, rit lui aussi.

Pendant que Gramoun, à cause de son dos, traverse à pied de l'autre côté du « précipice » en compagnie de Raphaëlle, Michel installe sur lui le harnais de sécurité.

— Si vous lâchez la corde, dit Gabriel, le câble de sécurité va vous retenir et vous faire descendre jusqu'à Michel. Vous n'avez rien à craindre.

Les mains gantées agrippées à la corde et les pieds posés sur un gros noeud, Michel s'élance puis lâche volontairement prise. Suspendu en l'air durant une seconde, il descend ensuite jusqu'au sol en toute sécurité.

— L'équipe dont le plus de joueurs réussiront la traversée sera déclarée gagnante, dit Gabriel.

Comme Gramoun ne peut participer à l'activité, les Yétis ont droit à un raté gratuit, un honneur qui revient à Marin.

— Je voulais essayer le câble de sécurité, dit-il. C'est cool !

Puis Gustave, encore de l'équipe des Yétis, rate à son tour, ainsi que Circé, des Sherpas.

Tous unis par leur légère crainte de la corde de Tarzan, les élèves semblent avoir oublié les équipes au profit des amis et s'encouragent sans relâche.

— Quand est-ce qu'il faut lâcher ? demande Bosco. Comment fort l'élan… ?

Trente secondes plus tard, Gabriel annonce un deuxième raté chez les Sherpas.

— Et toujours un seul chez les Yétis !

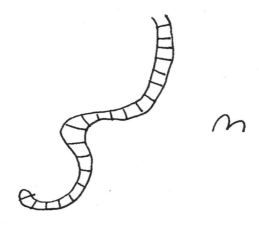

— Est-ce que je remonte tout de suite ? demande Bosco. De quel côté ? Qui est en avance ?

— Bosco a posé trois questions, remarque Mia.

—Il doit être ému, dit Inès.

Son tour venu, Cali s'est donné un élan si grand qu'il a failli assommer Raphaëlle en arrivant. Sur les deux rives, on l'entend alors faire un drôle de bruit.

— Cali, dit Jano, on sait jamais si y braille ou… *Syrie*.

Rose-Anna, Zou et les quatre joueurs suivants traversent sans difficulté. Mais Pensil décide d'imiter le héros du jeu *Bungle in the Jungle*.

— Deux jambes, une main !

Or, comme « bungle » signifie « fiasco »…

— BZUUUT ! *Game over* !

— Pas drôle, Jano ! dit quelqu'un.

Les élèves suivants traversent tous assez facilement. Puis vient le tour de Schtkl. Craintif, il garde les yeux fermés durant la traversée, oublie de lâcher la corde, et repart dans l'autre sens.

— Ça, c'est le vertige…, dit madame Archambault.

— Les Vulcains en souffrent tous, dit Gabriel.

Madame Archambault lance à son tour des yeux rieurs vers le moniteur.

En accueillant Schtkl, Michel annonce trois traversées ratées chez les Sherpas contre deux ratées chez les Yétis. Il ne reste plus que Pomme et Jano.

La première passe sans mal.

Son tour venu, Jano semble lui aussi voler aisément vers la rive opposée quand brusquement, sans raison, il desserre les jambes et brise son élan. Il se tortille comme un ver sur un hameçon, mais sans succès. Il doit se laisser descendre jusqu'à Michel.

— Trois ratés de chaque côté, dit le moniteur. Égalité !

— Le score final pour ces deux jours est de… 80 à 80 ! annonce Gabriel. Match nul !

Heureuse de recevoir les félicitations de son équipe, Pomme craint toutefois la réaction de Zou. La victoire vient d'échapper à son équipe. Et encore à cause de Jano.

Du coin de l'oeil, elle voit son amie s'approcher du coupable.

Pomme s'attend au pire.

Zou murmure quelque chose à l'oreille de Jano, serre le poing, le lève et frappe l'épaule du garçon. Très, très doucement.

Les deux rigolent.

Pomme est abasourdie. Puis lentement, elle sourit. Elle a saisi. Jano a manqué sa traversée sur la corde de Tarzan parce que Zou le lui a demandé.

« Le soir du jeu de nuit », se dit Pomme, « Zou a compris que Mia, Inès et moi, on a fait exprès pour ne pas la trouver, pour ne pas la ramener. Les Yétis ont gagné dix points. Et aujourd'hui, elle a fait la même chose. Mais comment elle a fait pour convaincre Jano ? »

Debout derrière Pomme, madame Archambault a suivi le même raisonnement.

Et maintenant, elle se pose la même question.

10

Les adieux et les aveux

Après un copieux repas de pizzas, les élèves et leur enseignante remercient chaleureusement les trois moniteurs. En montant dans l'autobus, les enfants tapent dans la main tendue de Gabriel qui répond chaque fois par un chaleureux « Hey ! Hey ! ».

En comptant ses élèves, madame Archambault est soulagée de voir Zou rire aux éclats avec Pomme et, sur le siège derrière elles, Jano et Cali faire de même. Ayant compté vingt-

six têtes, l'enseignante s'apprête à s'asseoir quand elle voit Zou passer un objet carré et sombre à Jano qui le glisse dans sa bouche. Puis un autre. Et un autre encore.

Souriante, madame Archambault s'installe sur son siège.

« Zou paye sa dette… », se dit-elle. « Il a l'air bon en plus. »

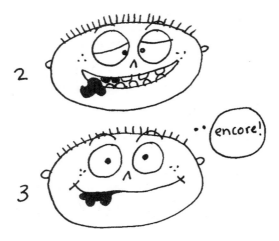

— Et puis ? demande son mari. Ta classe verte ?

— Elle a bien failli mal tourner…

— Je t'avais prévenue, répond-il. Séparer ta Zou et ton Jano de leurs amis, c'était risqué…

— J'ai pensé que ça ferait du bien à Pomme, Mia et Inès, et à Cali, Toni et Arthur de ne pas avoir Zou et Jano sur leur dos pendant deux jours.

— Madame Archambault ? demande brusquement une voix au-dessus d'elle.

— Oui, Toni ? répond l'enseignante.

— Vous vous rappelez-*tu* quand *que* Zou était perdue dans le *boaaaa-sée* ?

— Comment l'oublier ?

— Saviez-vous-*tu* qu'on avait dé-cidé que *les ceuses* qui la trouveraient en premier *a'raient* les autres comme *exclaves* ?

— Non, dit madame Archambault en fermant les yeux. Je l'ignorais.

— Oui, ajoute Arthur apparu à côté de Toni. Mais c'est Schtkl, Keran, Pomme, Mia pis Inès qui ont retrouvé Zou en premier. Pas nous.

— Ça fait que moi, Arthur, Bosco, Cali pis Jano, on était supposés d'être les *exclaves* de ces cinq-là.

— On pensait qu'ils avaient oublié, dit Arthur. Mais au jeu des chasseurs, ils nous ont obligés à se laisser trouver par les Yétis, pour que ça égalise le score pis que Zou arrête d'être triste.

— Mais là, dit Toni, les Yétis nous *croivent* pas que si on *a'rait* voulu, on *a'rait* pu gagner.

— Je n'étais pas au courant, dit l'enseignante.

— C'est vraiment trooooooooooop plate ! dit-il.

Et les deux garçons se rassoient. Puis Toni se relève.

— Madame Archambault ?

— Oui, Toni ?

— Trouvez-vous-*tu* que mon français s'améliore ?

— …

— Pass' vous m'avez pas corrigé une seule fois quand *qu'*on était au camp.

— C'est vrai, dit madame Archambault, je ne t'ai pas corrigé.

La voix du chauffeur retentit.

— Il faut *s'assire* quand *que* l'autobus roule !

— S'asseoir…, murmure Toni. On dit « s'asseoir », hein madame Archambault ?

Rayonnant de fierté, le garçon hoche la tête avant de retrouver son siège.

— Finalement, dit madame Archambault à son mari, j'estime que cette classe verte a été un franc succès.

Et l'homme voit dans les yeux de sa femme briller une lumière.

Aussi belle, aussi vive qu'un lever de soleil !

LOUIS ÉMOND

 Au cours des vingt-deux années où j'ai été enseignant au primaire, je suis souvent parti avec mes élèves en classe verte, rouge ou neige. Ces deux ou trois jours passés avec eux sur des bases de plein-air des Laurentides ou en Estrie m'ont chaque fois permis de mieux les connaître, car je pouvais les voir évoluer dans un contexte différent de celui de l'école. Ces journées fournissaient d'ailleurs à certains l'occasion de se faire enfin valoir, car plusieurs des activités proposées nécessitaient des habiletés et des connaissances différentes de celles qu'il faut pour réussir un travail de français, de maths ou de sciences.

J'ai conservé de ces séjours de nombreux beaux souvenirs dont plusieurs se retrouvent dans ce quatrième roman de la série « Trooooooooooop... ».

Lesquels ?

Hey ! Hey ! À vous de deviner !

Julie Miville

 De tout mon primaire, j'ai un souvenir que j'affectionne tout particulièrement : une classe verte, canot-camping dans les Laurentides, en 4e année. OUF ! Quelle galère! Je me souviens d'avoir boudé parce que je détestais ramer ou encore pleurer (juste un tout petit peu) parce que je trouvais la nourriture dégueu! Pourtant, lorsque je suis revenue à la maison et que mon père m'a demandé : « Est-ce que tu as aimé ta classe verte ? » Vous savez ce que je lui ai répondu ? « J'ai adoré, trop cool ! ». Bizarrement, après la première nuit, je me suis rendue compte que j'étais VRAIMENT TROP PLATE et que je devais ouvrir mon coeur à de nouvelles aventures! Tout comme ZOU…

Trooooooooooop long !

À six jours de Noël, Zou n'en peut plus ! C'est trop long ! Surtout qu'on lui a promis la poupée Alice Blabla, une poupée qui parle. Impatiente, Zou va tenter, sans grand succès, de faire passer le temps plus vite… jusqu'à ce qu'elle découvre quelque chose d'important.

Trooooooooooop mou !

En apprenant que madame Archambault, son enseignante, est très malade, Zou s'inquiète. Et son inquiétude grandit quand elle entend le suppléant, un certain monsieur Mennessier, dire qu'un enseignant n'a jamais besoin de punir, d'obliger, de discipliner.
Ah bon ?

Trooooooooooop loin !

L'autobus qui amène les élèves du groupe de madame Archambault en classe verte est tombé en panne. Zou, qui a une « envie pressante », s'éclipse un moment vers un boisé voisin. Malheureusement, elle s'éloigne un peu trop alors que la nuit tombe et qu'une personne rôde...

GARANT DES FORÊTS
INTACTES

Ce livre a été imprimé sur du papier Sylva enviro
100 % recyclé, traité sans chlore, accrédité Éco-Logo
et fait à partir d'énergie biogaz.

Achevé d'imprimer
à Montmagny (Québec)
sur les presses de Marquis Imprimeur
en janvier 2016

MARQUIS